カトリーのナゾトキ★ブック

編／フォルスタッフ

原作・監修／レベルファイブ

小学館

レイトン ミステリー探偵社
カトリーのナゾトキ★ブック

編／フォルスタッフ
原作・監修／レベルファイブ

小学館

もくじ

はじめのまんが　カトリーエイルと幻の町 —— 3

file 1　Street　**1章　不思議な通り** —— 11
まんが
ナゾ1 〜 ナゾ15
Answer　1章　答え —— 29

file 2　Park　**2章　不思議な公園** —— 31
まんが
ナゾ16 〜 ナゾ31
Answer　2章　答え —— 51

file 3　Museum　**3章　不思議な博物館** —— 53
まんが
ナゾ32 〜 ナゾ45
Answer　3章　答え —— 71

file 4　Mansion　**4章　不思議な館** —— 73
まんが
ナゾ46 〜 ナゾ60
Answer　4章　答え —— 92

おわりのまんが —— 94

ナゾが貼ってありますよ！

幻の町への扉は…

カイ□カローノ　カモン

キーワード

「カトリーエイル」

1章 不思議な通り
file 1 Street

file 1 Street ◆ 1章 不思議な通り

ナゾ1 きになるお店 その1

通りには、いろいろなかわいいお店が並んでいるけど、カトリーはそのうちの一つのお店がきになるみたい。きになるお店は、⑦〜⑦のどの建物かな？ カトリーの話を聞いて考えてね。

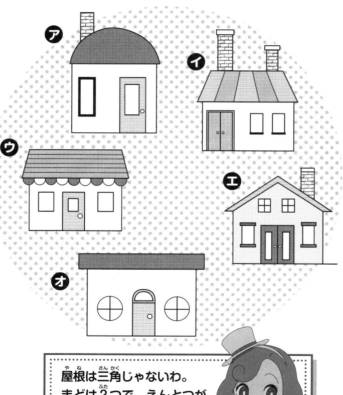

屋根は三角じゃないわ。
まどは2つで、えんとつが
あるお店、きになる♡

ナゾ2 きになるお店 その2

カトリーがきになるお店は、食べ物を売っているお店だった。
きになるお店には、きになる物が売られているよ。さて、どのお店かな？ 理由も答えてね。

ミートストア
肉

フィッシュマーケット
魚

フルーツショップ
くだもの

？

ケーキは好きだけどきにならないの…

カトリーがきになるのはケーキじゃないのか？

ナゾ3 おかしなお店 その1

その店に入って、いくらよんでも、店員さんは何も返事をしてくれない。でも、ずっとよんでいたら、30分ぐらいたったとき、店員さんにおこられちゃった。
さて、ここは、何を売っているお店かな？

ナゾ4 おかしなお店 その2

おかしな自転車屋さんがあったよ。
タイヤの空気がぬけた自転車ばかり置いてあるし、店員さんはみんなやせている。
さて、どうしてだろう？

いらっしゃ〜い

みんな おなかが すいているの かしら？

○○○が ないからな

ナゾ5 ランチはどこで？

そろそろおなかがすいてきた。でも、レストランの看板は、すべて絵文字。㋐〜㋒はそれぞれ、何のお店かな？

気分は㋐かな？

file 1 Street ✦ 1章 不思議な通り

ナゾ6 二つのメニュー

ランチはカフェでとることにしたよ。
このカフェには、ランチのコースメニューが2つある。
食後のドリンクは、「ハーブティー」と「カフェオレ」だ。さて、どっちがどっちのメニューのドリンクか、わかるかな？

LunchA	LunchB
ロコモコ丼	ローストビーフ丼
ポテトサラダ	シーザーサラダ
ムール貝のガーリック焼き	エスカルゴのバターソース
アップルパイ	ストロベリーショートケーキ
レモンシャーベット	バニラアイス
？	？

ハーブティー

カフェオレ

どっちがどっちのドリンクかな？

どちらかに共通するものがあるわ

ナゾ7 おかしな学校 その1

通りを進んで行くと、学校があった。でも、この学校に近づくにつれて、何かにおいが？
さて、ここは何の学校かな？ 下の3人の話を聞いて考えてね。

この学校の中からにおってくるぞ！

これはショウガのにおいです！

何かのにおいがするわ

さて、ここは何の学校？

ナゾ8 おかしな学校 その2

学校の下校時間になって、子どもたちが門から出てきた。でも、なんだかおかしな会話をしているよ。
何かを取られたらしいけど、先生も友達もまったくあわてていない。取られたものはなんだろう？

ナゾ9 おかしなお店 その3

またまた、へんなお店を発見!
めがね屋さんなんだけど、売っているめがねのレンズがすべて割れている。しかも、すべて同じ値段なんだ。
さて、このめがね屋さんのめがねは、いくらかな?
日本円で答えてね。

フレームだけと思えば安いです!

俺もかけようかな

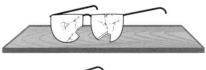

ナゾ10 ぐちゃぐちゃくつした屋さん

次に見つけたのはくつした屋さん。でも店内は、くつしたがばらばらになっている。くつしたをペアにしてあげよう。
だけど、1つだけ片方しかないくつしたがあるんだ。
どれかな？

きれいにしてくれれば次に行くお店のヒントをあげるよ！

ちゃちゃっとやるわよ！

ナゾ 11 めざす家はどこ？

くつした屋さんが、次に行くお店の地図をくれたよ。ヒントのとおりに進めばお店に着くらしい。
さて、めざす店は、ア〜オのどれかな？ 線でルートもかきいれて。

ヒント
- ★ 角を5回曲がって、つき当たりの家
- ★ 電話ボックスの前を2回通る
- ★ ポストの前を3回通る

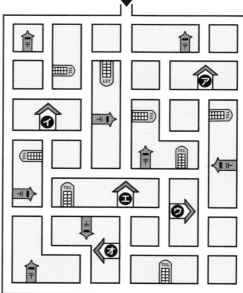

ナゾ12 ケーキ屋さんのなぞなぞ

くつした屋さんに教えられてたどり着いたのは、ケーキ屋さんだった。でも、お店にはカギがかかっていて、こんなはり紙が。正解するとドアが開くらしいよ。さて、わかるかな？

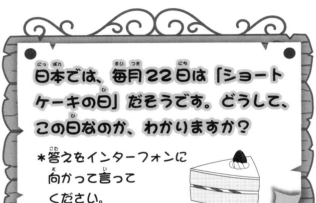

日本では、毎月22日は「ショートケーキの日」だそうです。どうして、この日なのか、わかりますか？

＊答えをインターフォンに向かって言ってください。

なかなかいいセンスだな！

ショートケーキと言えばストロベリー！これがヒントよ♪

本当にこれが由来だそうですよ！

ナゾ13 カラフルケーキならべ

ケーキ屋さんのお手伝い。
A～Eの5種類のケーキを並べて、たて5列、横5列、ななめ2列に一種類ずつ入るようにしてほしい。空いているマスに、A～Eの記号を入れよう。

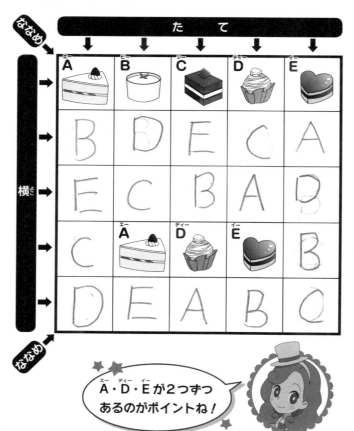

A・D・Eが2つずつあるのがポイントね！

ナゾ14 千円ショッピング

お店には、ケーキ以外にもいろいろなすてきなおかしが並んでいる。カトリーは、5種類、ちょうど1000円分のおかしを買ったよ。
さて、カトリーが買ったのは、どのおかしかな？

5種類でちょうど1000円にしよう

- クッキー 70円
- フィナンシェ 120円
- 焼きドーナツ 150円
- プリン 200円
- バームクーヘン 230円
- カップケーキ 300円
- アップルパイ 340円
- チョコタルト 450円

日本円でいいのか!?

深く考えないの！

ナゾ15 スイーツ♥シークワード

下の文字の中には、スイーツの名前がかくれているんだ。例題のように、たて、横、ななめ、あらゆる方向から探そう。
全部探したら、あまった文字を上から読もう。次に行く場所がわかるよ。

かくれているスイーツ

- フォンダンショコラ
- クリームブリュレ
- ガトーショコラ
- シュークリーム
- ショートケーキ
- アップルパイ
- カップケーキ
- シャーベット
- チーズケーキ
- ミルフィーユ
- ロールケーキ
- ジェラート
- ティラミス
- マシュマロ
- マドレーヌ
- モンブラン
- エクレア、クッキー
- スコーン、ドーナツ
- マカロン、カヌレ
- ゼリー、プリン
- ムース、グミ

例題

ラ	キ	ヌ	タ	ン
ツ	イ	タ	チ	カ
コ	ゾ	オ	ス	リ
ウ	ン	ギ	ン	ペ

ペリカン、ペンギン、ライオン、イタチ、タヌキ、ラッコ、イヌ、ゾウ、リスがかくれている。
＊ツ→ッのように小さい文字として読む字もあるよ。

ム	シ	ャ	ー	ベ	ッ	ト	マ	ヌ	テ
チ	ー	ズ	ケ	ー	キ	コ	シ	ー	イ
グ	ク	リ	ー	ム	ブ	リ	ュ	レ	ラ
ミ	ア	レ	ク	エ	ウ	ラ	マ	ド	ミ
キ	ー	ケ	ル	ー	ロ	コ	ロ	マ	ス
ミ	ル	フ	イ	ー	ユ	ヨ	エ	シ	ン
マ	フ	ォ	ン	ダ	ン	シ	ョ	コ	ラ
カ	ヌ	レ	ド	ン	ン	ー	コ	ス	ブ
ロ	ジ	エ	ラ	ー	ト	ト	キ	ヘ	ン
ン	ム	ー	ス	ケ	ナ	ガ	ン	ツ	モ
イ	リ	キ	ー	ケ	プ	ッ	カ	リ	ク
ゼ	ケ	キ	イ	パ	ル	プ	ツ	ア	プ

1章 答え

ナゾ1 イ

ナゾ2 フルーツショップ〔くだものは木に成るものだよ〕

ナゾ3 本屋さん〔長時間立ち読みするとおこられるね〕

ナゾ4 食う気（空気）がないから、やせていたんだね

ナゾ5 ㋐ 中華料理屋さん〔「かきくけこ」が「きくかけこ」で真ん中（中）が「か」〕
㋑ ファミレス〔音符で「ファ」「ミ」「レ」SU（ス）〕
㋒ 回転ずし〔「す」が4つ（し）回っている〕

ナゾ6 カフェオレは Lunch A、ハーブティーは Lunch B
〔ローストB（ビー）フ、C（シー）ザーサラダ、S（エス）カルゴのバターソース、ストロベリーのショートK（ケー）キ、バニラI（アイ）ス、ハーブT（ティー）と、Lunch Bのメニューはアルファベットが入っている〕

ナゾ7 小学校〔ショウガくせえ（小学生）がいる学校〕

ナゾ8 出席〔取られても平気だね〕　　**ナゾ9** 3円〔割れためがねは見えん（3円）〕

ナゾ10

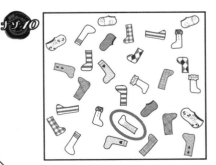

1章 答え

 ウ

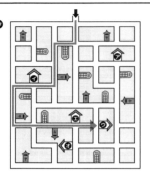

 カレンダーの22日の上は必ず15日。ショートケーキは15（イチゴ）が乗っているから。

14	15	16
21	㉒	23
28	29	30

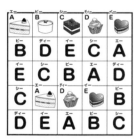

 フィナンシェ（120円）＋焼きドーナツ（150円）＋プリン（200円）＋バームクーヘン（230円）＋カップケーキ（300円）

 コウエンヘイケ（公園へ行け）

2章 不思議な公園
file 2 Park

ナゾ16 気になる木 その1

公園の木々の間を歩いていると、カトリーが、気になる木を発見。
3本のうちでいちばん葉っぱをたくさんつけているのが気になる木。
さて、気になるのは、Ⓐ～Ⓒのどの木かな？

ナゾ17 気になる木 その2

なんと、気になる木の上には人がいた！ だれだろう？
下の絵と、みんなの会話から考えてね。

ナゾ18 店番はだれ？

のどがかわいたので、ジュースを買おうと公園の売店に行ったら、なんと、店番をしていたのは、人じゃなくて犬！
さて、店の中にいたのは、下のどの犬かな？

ゴールデンレトリーバー

コーギー

ブルドッグ

ヨークシャーテリア

俺が話したらジュースは買えたぞ

店内にいたんですよ！

ナゾ19 おかしな池

公園の池に景色が写っているけど、あれ？ なんだかおかしなところが6か所あるよ。全部見つけてね。

ナゾ20 おかしな案内板

公園を歩いていくと、少し高台になっているところに来た。すると、なんだかふしぎな案内板が…。
暗号になっているみたいだけど、この先には何があるのかな？

ナゾ21 遊園地の入口

さらに歩いていくと、遊園地を発見！ でも、入口にはり紙が。入園料はタダだけど、このナゾを解かなければ入園できないらしいよ。さて、正解はどこの国？

ナゾ22 遊園地めいろ

入口から出口まで、すべてのアトラクションを体験していきたい。でも、同じ道やアトラクションを二度以上通ってはいけないんだって。
A～Cのどの入口からスタートして、どんなルートを通ればいいかな。線でたどってね。

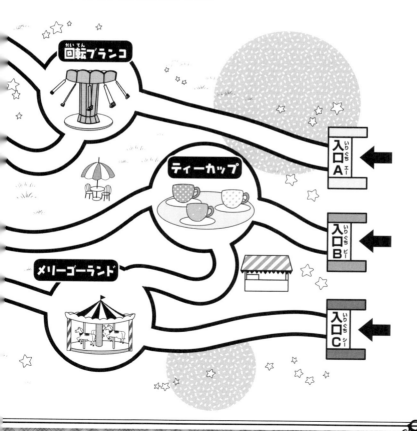

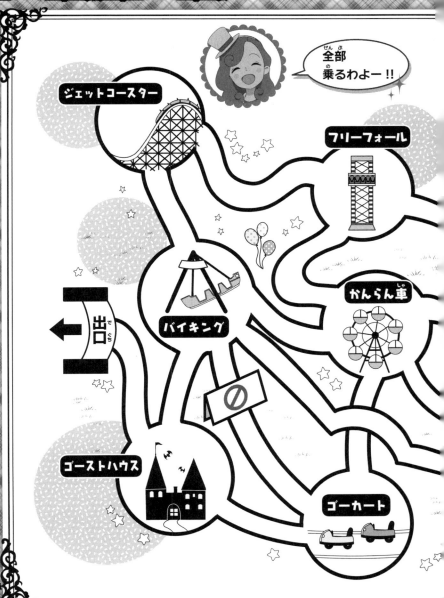

ナゾ23 ティーカップ・ロジック

いろいろなもようのティーカップのアトラクション。カトリーたちが乗ったのは、Ⓐ～Ⓗのどのティーカップかな？
みんなの話を聞いて考えてね。

そばにいた
花もようのカップの
カップル、ケンカ
してましたよね

カップの取っ手が
角ばってたよな

ほんとは
ストライプのに
乗りたかったな…

file 2 Park ◆ 2章 不思議な公園

ナゾ24 ストリート・パフォーマンス その1

遊園地で楽しいパフォーマンスを見せてくれるのが、大道芸人。
ここではマジックが行われていた。
からみ合った4つの輪を一瞬でバラバラにするんだって。でも、種明かしをすると、どこか1か所だけ、輪に切れ目があるらしい。
さて、切れ目は、ア〜エのどこにあるのかな？

うーん
タネもしかけも
あるんだな…

ナゾ25 ストリート・パフォーマンス その2

次に会ったのは、紙切りの大道芸人さん。
色紙を、下の図のように折って、2か所を切って広げると、㋐〜㋒のどの形ができるかな？
まず、頭の中だけで考えてみて！

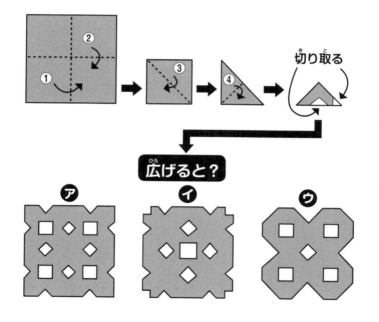

わからないときは実際にやってみるといいわよ♪

ナゾ26 かんらん車メッセージ

かんらん車に文字が書かれているよ。この文字を、ある規則にしたがって読んでいくと、メッセージになるんだって。
さて、かんらん車が伝えているメッセージが、わかるかな？

ポイントは飛ばしながら読むことだ！

ナゾ27 動物園の入口で

遊園地を出ると、今度は動物園へ続く入口があった。ブタがねているトンネルだ。
でも、ここにまたはり紙が。このナゾを解かなければ、動物園に入れないんだ。さて、正解は？

動物園入口

世界でもっとも長いトンネルは、どこからどこまで続いているでしょう？
（わかった人は、ブタまで）

ブタは「トン」トンがネルんだ

トンネルにブタがねてるこれはダジャレね

え？どこがですか？

46

ナゾ28 気になる動物 その1

このオリにいる動物は、なんだろう？　自己紹介がナゾになっているよ。

ここにいるのは…
- 女の子です
- 9月に結婚します！

女の子と言われてもこわいな…！

結婚すると、妻になるのね！

ナゾ29 気になる動物 その2

次のオリにいる動物は、何だろう？ □に入る文字を続けて読むと、動物の名前がわかるよ。

下の文字は、ある規則にしたがって並んでいます。さて、□に入る文字は？

お　お　ふ　か　し　お　て　□　□　や　み　う

↓
この動物がいるよ

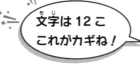
文字は12こ これがカギね！

わかりました ヒントは「うらない」ですよ！

ナゾ30 動物たちのデート

動物のオスが、自分の部屋から同じ動物のメスのいる部屋へ行くんだけど、おたがいに、他の動物に合わないようにしたいんだ。どんなルートをたどればいいかな？
オスとメスを線でつなごう。でも、線が交わったり、同じ道を通ったりしてはダメだよ。

ナゾ31 出口の暗号

動物園の出口にやってきたけど、またまたへんな暗号が！これを解くと、次に行く場所がわかるんだって。さて、何と書かれているのかな？

タヌキの映画館で…

はたくぶたつ
えいへいたけ

よーし 次は
あそこに行くのね！

え
どこですか？

2章 答え

ナゾ16 ❸ 〔Ⓐ 17枚、Ⓑ 19枚、❸ 20枚〕

ナゾ17 親〔「木」の上に「立」、「見」の3つの漢字が組み合わさっている〕

ナゾ18 ヨークシャーテリア〔店内なので、「ヾ(てん)」がない〕

ナゾ19

・鳥の向き
・建物の屋根
・噴水
・花
・ベンチの背もたれ
・ベンチの足

ナゾ20 望遠鏡〔「ぽ」の「上」(うえ)に「ん」+今日(きょう)〕

ナゾ21 ニュージーランド〔赤ちゃんは乳児、国は英語でランド。乳児の国で「乳児ランド」〕

ナゾ22 入口B

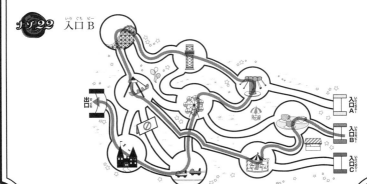

2章 答え

 エ

 ウ

 イ

ナゾ26 このあとはどうぶつえんにいくのだ(この後は動物園に行くのだ)
〔スタートから時計回りに、となり→1つとばし→2つとばし→3つとばし→…→14とばしの順に、文字を読んでいくんだよ〕

ナゾ27 入口から出口まで

ナゾ28 くま〔女の子が結婚すると妻(つま)になる。9月(「く」が「つ」)なので、くまの「く」を「つ」に変えると「つま」になる〕

ナゾ29 さい〔12星座の最初の文字が順番に並んでいる。おひつじ座・おうし座・ふたご座・かに座・しし座・おとめ座・てんびん座・さそり座・いて座・やぎ座・みずがめ座・うお座〕

ナゾ30

ナゾ31 はくぶつかんへいけ
(博物館へ行け)
〔タヌキ(「た」をぬく)、映画館(「えい」が「かん」)になる〕

3章 不思議な博物館
file 3 Museum

ナゾ32 ひとふでがきアート

博物館の入口に、4枚の絵がかかっていた。これらはすべてひとふでがきでかかれたものらしい。
でも、ちょっと待って。ほんとはひとふでがきができないものが混じっているよ。ア〜エのどれかな？ 1つとはかぎらないよ。

ア

イ

ウ

エ

子どもの落書きのようにみえますがアートでしょうか…？

俺にもかけそうな絵だな！

ナゾ33 数字のピラミッド

数字が書かれたピラミッドのオブジェがあった。ここにある数字は、ある規則にしたがっているんだって。
ア～エに入る数字を考えてね。

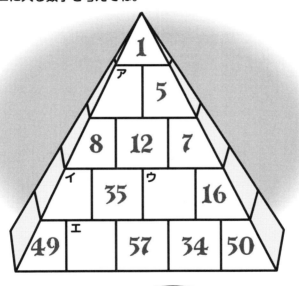

これもアートですか？

並んだ2つの数字とその上にある数字がポイントよ！

ナゾ34 かくれ三角形

ナゾの問題文もふくめてアートなのだろうか？
アーティストからの挑戦状のようだけど、わかるかな？

諸君、この中に三角形が
いくつあるか、わかるかな？

「ていねいに数えればわかりますよね…」

「いいえ ひとひねりあるのよ！」

ナゾ35 つみ木のオブジェ

つみ木がつみ重なっている。これもアートらしいよ。
さて、つみ木は全部でいくつあるかな？ 真上から見た図も参考にして考えよう。

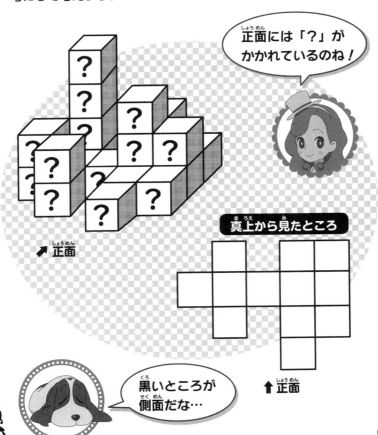

ナゾ36 イラストクイズアート その1

次にあるのは、AとBに分かれているイラストたち。これは、テーマによって分かれているんだって。
AとB、それぞれのテーマが何か考えて、下の二つのイラストがどちらに入るか考えてね。

ナゾ37 イラストクイズアート その2

テーマ分けイラストアートがもう一つ。ルールはナゾ36（右ページ）と同じだよ。
A、Bそれぞれのテーマを考えて、下の二つのイラストがどちらに入るか考えよう。

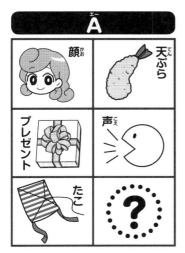

ナゾ38 計算テーブル

次の部屋に行くと、テーブルの上にカードが並べられて、計算式ができていた。
でも、この計算、まちがっているよね。カードを動かして、正しい計算式になるようにしよう。カードは全部使うよ。

正しい計算式を作れ

2 + 7 = 6 + 5

計算しても数字があわないですね…

ひらめきが大事よ！

ナゾ39 マッチぼうテーブル

今度のテーブルにはマッチぼうが。マッチぼうというのは火をつける道具だけど、このマッチぼうを並べて、形や数字などを作る遊びが、マッチぼうパズルなんだ。
下のように、マッチぼうで「００」が作られている。ここから1本だけ動かして、「5」にしてほしいんだ。

5を作れ

「1本だけじゃムリだろ!!」

「数字の5じゃないわよ!」

ナゾ40 赤い糸の伝説

次の部屋には絵画があった。男の子と女の子の両手が糸で結ばれている、ふしぎな絵だ。
このなかで、両手とも同じ子同士で結ばれているカップルがいる。だれとだれかな？ ア〜コで答えてね。1組とはかぎらないよ。

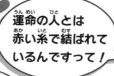

ナゾ41 ナンバーカラーマシン

今度の展示はふしぎな機械。数字が書かれた特殊な紙を機械に入れると、色がついて出てくるんだ。
下のような数字の紙を入れると、それぞれ、赤、青、黄色になって出てきたよ。
では、黒にしたいときは、どんな数字を入れるといいかな？

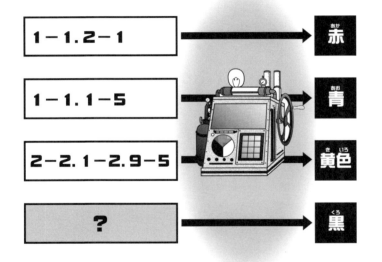

1−1.2−1 → 赤
1−1.1−5 → 青
2−2.1−2.9−5 → 黄色
? → 黒

むずかしい日本語のクイズですね…

ナゾ42 アレンジ人物画

次の3枚の絵は、どれも同じ人物をモデルにして描いたものだそうだ。でも、全然ちがって見えるよね。
実はそれぞれの絵は、どれも本物のモデルさんと1か所だけちがえて描いたそうだ。
さて、本物のモデルさんは、A〜Cのどの人かわかる？

ナゾ43 6×6プレイス

ろうかのと中にこんな掲示板が。「プレイス」とは場所のことだ。
1〜6の数字を正しい場所に当てはめよう。
ルールのように数字を入れて、すべてのマスが正しくうまると、
何かが起こるぞ！

ルール

タテ6列、横6列、太い線で囲まれた6つのブロックのそれぞれに、1〜6が1つずつ入るように、数字を入れよう。

↓たて列

4	2	3	1	5	6
1	6	5	2	3	4
5	4	1	3	6	2
2	3	6	4	1	5
6	1	4	5	2	3
3	5	2	6	4	1

←横列

ブロック

6	1				2
	5	3	1	4	6
			6		
1	4			5	3
5	3	2	4		1
		6		2	

何かって何が起こるんだ！

まわりの数字をよく見て考えればだいじょうぶ！

ナゾ44 びっくりジグソー

前のナゾを解いたら、なんと！ 見慣れた写真が現れた！これはレイトン探偵社の内部の様子だ。
でも、ぬけているところがあるよ。A〜Eのぬけているところに当てはまるピースを、ア〜ケから選んでね。

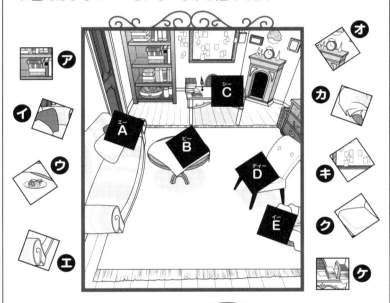

これ、うちの事務所よ！

見慣れてるはずなのにわからん！

file 3 Museum ← 3章 不思議な博物館

ナゾ45 ジグソーレター

博物館の出口には、バラバラになった紙が落ちていた。うまくつなげると、次に行く場所がわかるらしい。手紙をつなげて、何と書いているか、読んでみよう！

これがヒントだ

さあ、次へ行きましょう！

上のヒントは大ヒントね！

3章 答え

ナゾ32 イとウ

ナゾ33 ア 4、イ 27、ウ 23、エ 22
（下の2つのマスの数字をひき算した答えが入る）

ナゾ34 9つ
（図形には8つだけど、問題文に「三角形」の文字があるぞ！）

ナゾ35 21個

ナゾ36 A 蚊、B 電話〔Aはさすもの、Bはきるものだよ。（「水をさす」というのは、うまくいっているもののじゃまをするということ、「小指」は指切りだね）〕

ナゾ37 A 炎、B のれん〔Aはあげるもの、Bはおろすものだ。（「根をおろす」というのはその場に落ち着くということ、「のれんをおろす」はお店をやめるということだよ）〕

ナゾ38 2×7＝9＋5〔＋をななめに、6を逆さにする〕

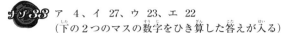

ナゾ39 「GO（go）」にするんだ！

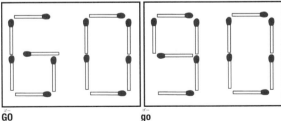

GO　　　　　　　go

ナゾ40 イとク　エとカ

3章 答え

 2-3、9-5〔五十音表の順番を表している。「く」は、か行（あ行から2つ目）の3番目の文字なので2-3。「ろ」は、ら行（あ行から9つ目）の5番目の文字なので9-5〕

 モデルA〔左と真ん中の絵は髪型がちがう。右の絵は服がちがう〕

6	1	4	5	3	2
2	5	3	1	4	6
3	2	5	6	1	4
1	4	6	2	5	3
5	3	2	4	6	1
4	6	1	3	2	5

 A **イ**　B **ウ**　C **ケ**　D **ク**　E **カ**

 ツギガサイゴダ。ココヲデテミナミニアルオオキナヤカタヘイケ。（次が最後だ。ここを出て南にある大きな館へ行け。）

カ	ル	テ	ダ	ツ
タ	オ	ミ	゜	ギ
ヘ	オ	ナ	コ	ガ
イ	キ	ミ	コ	サ
ケ	ナ	ニ	ヲ	イ
゜	ヤ	ア	デ	ゴ

72

4章 不思議な館
file 4 Mansion

ナゾ46 ここにある何か

館に入ると、大きなエントランスロビーが。
ロビーにはたくさんのテーブルが置かれていて、それぞれにナゾが乗っているんだ。でも、すべて答えなければ、先には進めないらしい。
まず、最初のテーブルのナゾから、チャレンジ開始！

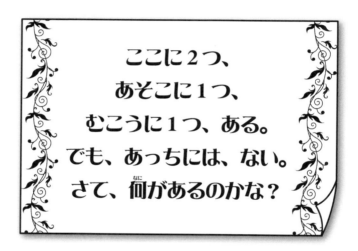

ここに2つ、
あそこに1つ、
むこうに1つ、ある。
でも、あっちには、ない。
さて、何があるのかな？

あそこってどこかしら？

うーんわからん！

ナゾ47 整理整とん指令

次のテーブルには、本がバラバラに重なっている。全部で16冊あった。
これらの本を、大・中・小の3つの箱に、すべて奇数冊になるように入れて整理しろ、という指示が。奇数というのは、1、3、5、7…だよ。さて、どのように入れればいいかな？

箱に入れて本を整理せよ。ただし、すべての箱の中が奇数になること。

3つの箱に入れるだけじゃなく工夫が必要ですね！

ナゾ48 リボンのナゾ

次のテーブルには、リボンが1本置かれている。
このリボンを中心で2つに折って、さらにまた半分に折り、また半分に折る。そして、その状態で中心を切ると、リボンは何本に分かれるかな？

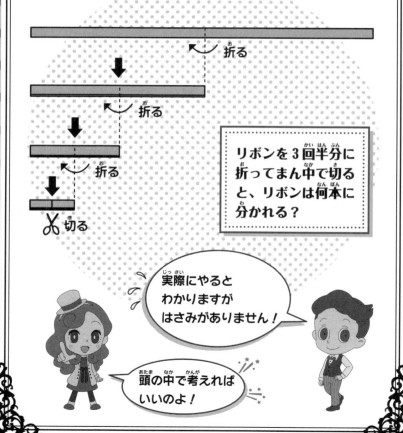

リボンを3回半分に折ってまん中で切ると、リボンは何本に分かれる？

実際にやるとわかりますがはさみがありません！

頭の中で考えればいいのよ！

ナゾ49 ハートとダイヤの関係は？

その次のテーブルには、トランプが並んでいた。
例のように、同じ数のトランプの間にその枚数のトランプが置かれるように、ほかのトランプを置こう。
空いている□に数字を書き入れてね。

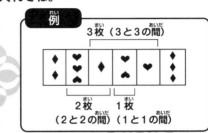

ここに、下のカードを並べよう。

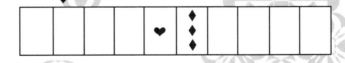

このカードを並べよう

3のカードが
ポイントですね…

ひらめけば
カンタンよ！

ナゾ50 サイコロ コロコロ

今度はサイコロが一つある。
これを図のような順番で転がしていくと、Ａのところにきたとき、上の面に出ている目は何かな？

ナゾ51 かっ車のナゾ

部屋の奥のかべには、かっ車が取りつけられていた。そして、床には鉄のとびらがあった。
このかっ車を使えば、鉄のとびらが開くようだ。
さて、かっ車のハンドルを、ア、イのどちらに動かせば、床のとびらが持ち上がるかな？

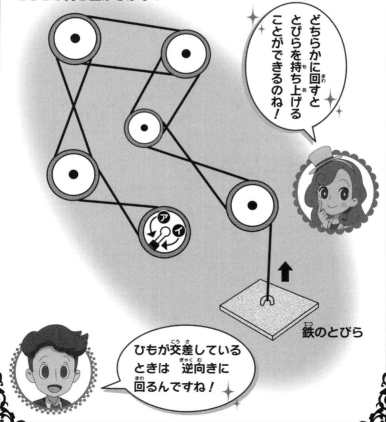

どちらかに回すととびらを持ち上げることができるのね！

鉄のとびら

ひもが交差しているときは 逆向きに回るんですね！

ナゾ52 クモの糸アミダクジ

鉄のとびらを開けると、地下室へ続く階段があった。地下室へ降りてみると、クモがアミダクジのように糸をはっている！
このクモたちが、アミダクジのルールで糸をたどって、自分の居場所まで行くには、ア〜オの中の2本の横糸を切らなければいけないんだ。さて、どの糸とどの糸を切ればいいかな？

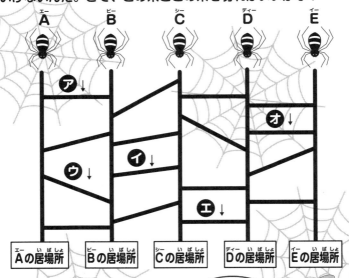

アミダクジは
上から下へ進んで
線があるところでは
必ず曲がるのよ

このクモたち
本物じゃなくて
おもちゃですよ！

ナゾ53 お面のふくめん算

クモの次はぶきみなお面たちがかざられた部屋だ。
お面が並んで計算式(筆算)になっているらしいぞ。同じお面は
同じ数字を表わすんだ。
さて、A〜Dのそれぞれのお面が表わす数字を答えてね。

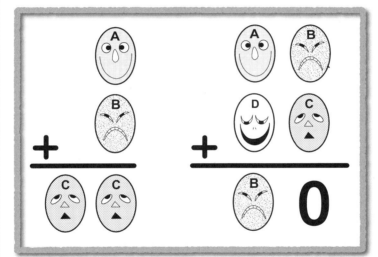

右の式の答えの一の位が
0なのがポイントね！

左の式から Cの数字は
すぐわかりますね！

ナゾ54 ぼうしのブロック分け

お面のとなりには、4種類のぼうしが並んでいた。でも、並び順はバラバラだ。
例のように、4種類が1つのブロックになるように、線を引いて分けよう。
ただし、ぼうしが余ってはダメだよ。

例
- ABCDが1ブロックになるように分ける。
- まず、同じ記号がとなり合っているところから分けていくのがコツ。

A	B	D	D
C	C	D	C
D	A	A	B
C	B	B	A

→

A	B	D	D
C	C	D	C
D	A	A	B
C	B	B	A

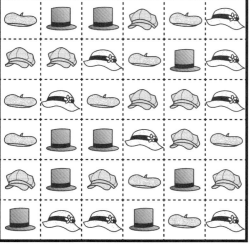

カトリーさんの
ぼうしとにたのも
ありますよ！

あれ
かぶりたい♥

ナゾ55 エレベーターパネル

部屋を出ると、ろうかの奥にはエレベーターが。でも、パネルのスイッチを正しく押さないとエレベーターが動かないらしい。例のようなルールで、正しいスイッチをすべて押そう。

例

- 数字は、そのマスのまわり（8方向）にある正しいスイッチの数をあらわす。
- 数字があるところにスイッチはない。
- ※正しいスイッチのマスに●をかこう。
- ※スイッチが絶対押せないマスに×をつけていくのがポイント！

2			1
	2		
		3	
0			2

→

2	●	×	1
●	2	×	●
×	×	3	●
0	×	●	2

0					2
	3			2	
		1			
4				0	
		2			
3				1	

左下の3のまわりの3マスは全部●ですね！

0のまわりに全部×をつけてね！

ナゾ56 フラワーラビリンス

エレベーターのとびらが開くと、そこには小さな部屋がたくさんあった。スタートから5つの部屋にある花をすべて取って、左下のゴールの部屋へ行こう。
ただし、同じ部屋を二度以上通ることはできないよ。

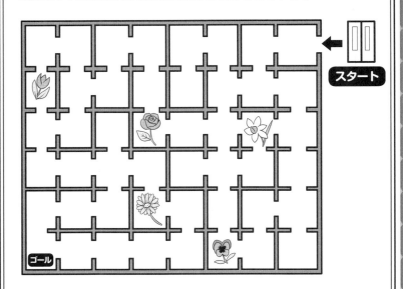

花よりケーキのほうが
よかったな〜…

花を取って行くなんて
ロマンチックですね

ナゾ57 かくれナンバーをさぐれ

ゴールの部屋には、数字が書かれた布が、ひもでつなげられていた。この数字は、ある規則にしたがって並んでいるんだよ。
では、ア、イの布には、何の数字が入るかな？
正しい数字を書き入れよう。

ほんとに規則があるのか？

これは有名な数列よ！

ナゾ58 星の魔法陣

次の部屋に入ると、床の上に星形の魔法陣がかかれていた。
直線でつながった4つの数字をたすとどれも35になるように、
空いている6つの○に数字を書き入れよう。

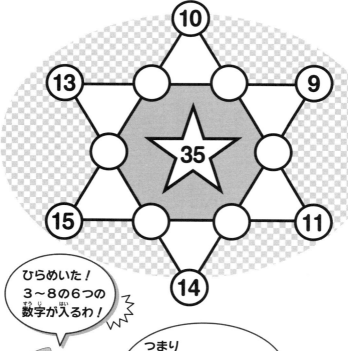

ひらめいた！
3〜8の6つの
数字が入るわ！

つまり
10 + ? + ? + 11 = 35
9 + ? + ? + 13 = 35
…ということだな！

ナゾ59 カーペットのナゾ

魔法陣に数字を書き入れると、魔法陣が光って次の部屋へ続くとびらが開いた。
部屋には大きなカーペットがしかれていて、その真ん中にスイッチらしきものがある。
さて、このナゾ、解けるかな？

file 4 **Mansion** ✦ 4章 不思議な館

ナゾ60 ラスト・クロスワード

スイッチを押すと、なんと、かべ一面にクロスワードパズルの問題が映し出された！ 最後のナゾだ。
全部のマスをうめたら、A〜Fの文字をつなげて読もう。最後の言葉が表れるよ。

1		2		3		4
						F
		5 **D**	6			
7	8				9 **B**	
10 **C**					11	12
		13		14 **E**		
	15 **A**		16			
17					18	

答え

A	B	C	D	E	F

90

file 4 Mansion ◆ 4章 不思議な館

クロスワードパズルのルール
- タテ、ヨコのカギから連想される言葉を、マス目に一文字ずつ書き入れる（カタカナで書こう）。
- タテのカギは上から下へ、ヨコのカギは左から右へ書く。
- 小さい「イ、ツ、ヤ、ユ、ヨ」は大きい文字としても読める。

●タテのカギ

1. テレビアニメのタイトルは「レイトン○○○○○探偵社～カトリーのナゾトキファイル」。
2. 料理を運ぶおぼん。英語で言うと…。
3. 学校の先生も大事な行事では着る服装。
4. 教室では開けて、空気を入れ替えよう。
6. 1億円当たらないかな、○○○くじ。
8. 足が10本の海の生き物。
9. カラメルソースがおいしいプルプルのお菓子。
12. 笑顔です♥
13. イギリスのお金の単位。
14. 英語では、スリー。
15. スイッチを消すのはオフ、つけるのは？
16. びんのジュースは、これを開けて飲むよ。

もう一息です

●ヨコのカギ

1. ハーブの一種。さわやかな風味。
3. これに襲われると眠くてたまらない。
5. 手紙を英語で。
7. 紅茶はこれで飲みましょう。
10. 小学校では3年生から習う教科。
11. 小さくて木の実が大好きなかわいい動物。
14. 秋においしい魚。お笑いの芸人の名前でもある。
15. 地下からわき出すお湯。日本人は大好きなお風呂。
17. イギリスの首都。カトリーの住む町。
18. さわやかな季節。芸能人の名前でもある。

すべてのナゾは解明されました！

やったな！

4章 答え

ナゾ46 「こ」の字〔ここ、あそこ、むこう〕

ナゾ47 例えば、小の箱に3冊、中の箱に5冊を入れる。大の箱に8冊を入れて、小の箱も入れると11冊になる。(答えは他にもあります)

ナゾ48 9本

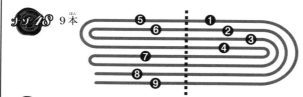

ナゾ49

ナゾ50 6
〔図のサイコロになるよ(同じ向きに4回転がすと元に戻るので、④のところで最初と同じ、⑧のところも最初と同じになり、あと3回転がすと、①と同じになるんだ)〕

ナゾ51 イ

ナゾ52 エとオ

ナゾ53 A 2、B 9、C 1、D 6
〔左の式の答えが2けたなので、Cは「1」とわかる。右の式の答えの一の位が0なので、Bは「9」とわかる。すると、左の式からAは「2」、右の式からDは「6」となる〕

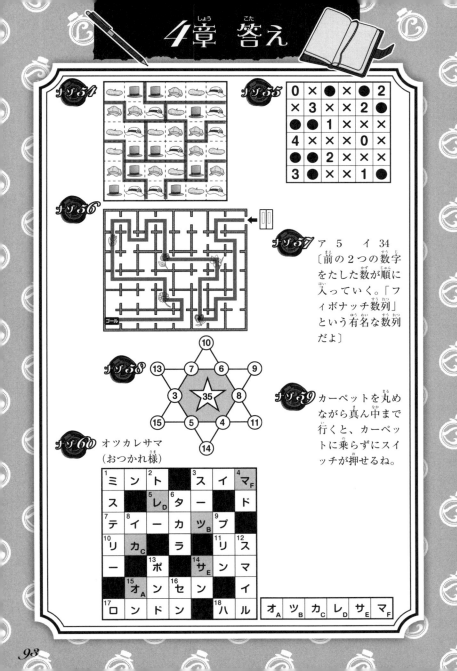

カトリーのナゾトキ★ブック

編／フォルスタッフ（今村恵子・桧貝卓哉）
原作・監修／レベルファイブ

2018年8月29日初版第1刷発行

発行人／細川祐司
編集人／筒井清一
編集／藤谷小江子

発行所／株式会社　小学館
〒101-8001　東京都千代田区一ツ橋2-3-1

電話・編集／03-3230-5613
営業／03-5281-3555

印刷／三晃印刷株式会社
製本／株式会社若林製本工場

本文まんが・イラスト／おりとかほり
デザイン／sa-ya design・盛久美子

♥本書の無断での複写（コピー）、上演、放送等の二次利用、翻案等は、著作権法上の例外を除き禁じられています。
本書の電子データ化などの無断複製は著作権法上の例外を除き禁じられています。
代行業者等の第三者による本書の電子的複製も認められておりません。
♥造本には十分注意しておりますが、印刷、製本など製造上の不備がございましたら、「制作局コールセンター」（0120-336-340）にご連絡ください。
（電話受付は土・日・祝休日を除く9:30～17:30）

©LEVEL-5/レイトンミステリー探偵社

Printed in Japan　ISBN　978-4-09-289800-4